D1304195

Max viaja a Júpiter

Una aventura de ciencias con el perro Max

Jeffrey Bennett, Nick Schneider, Erica Ellingson

Ilustrado por Michael Carroll

Cree en ti mismo, cree en tus sueños y trabaja duro para crear un mundo en el que podamos vivir todos juntos y en paz, mientras alcanzamos las estrellas.

Acerca de edición en español
Esta edición de *Max viaja a Júpiter* está actualizada e incluye los descubrimientos científicos más recientes de Júpiter y sus lunas.

Otras obras de Jeffery Bennett
Para niños:
Max Goes to the Moon
Max Goes to Mars
Max Goes to the Space Station
The Wizard Who Saved the World
I, Humanity

Para adultos:
Beyond UFOs
Math for Life
What Is Relativity?
On Teaching Science
A Global Warming Primer

Libros de texto:
The Cosmic Perspective
Life in the Universe
Using and Understanding Mathematics
Statistical Reasoning for Everyday Life

Edición: Joan Marsh
Diseño y producción: Mark Stuart Ong, Side by Side Studios
Traducción al español: Luis y Miriam Shein

Publicado en los Estados Unidos por
Big Kid Science
Boulder, Colorado
www.BigKidScience.com

ISBN 978-0-972181-96-9
También disponible en inglés (ISBN 978-1-937548-82-7)

Consejeros de ciencia y tecnología
Dr. Bradley C. Edwards, Black Line Ascension
Dr. Richard Greenberg, University of Arizona
Dr. Marc Hairston, University of Texas, Dallas
Dr. Heidi Hammel, Space Science Institute
Dr. Rosaly Lopes, Jet Propulsion Laboratory
Dr. Robert Pappalardo, Jet Propulsion Laboratory
Joslyn Schoemer, Denver Museum of Nature & Science
Dr. John Spencer, Southwest Research Institute, Boulder
Dr. Mary Urquhart, University of Texas, Dallas

Gracias también al artista Mark Gilliland que dibujó las lunas de Júpiter, así como a nuestros amigos del Columbine Hills Elementary y de la Academia CREDO.

Gracias especiales a nuestros modelos:
Cosmo como Max

Nathan Schneider como Nathan

Susannah Carroll como Tori

Lado Jurkin como el comandante Grant. Siendo uno de los "Niños perdidos de Sudán", el señor Jurkin, debido a la guerra, pasó años en compañía de otros jóvenes obligados a deambular por las zonas salvajes de África hasta llegar a los campos de refugiados. Él espera que su historia y la publicación de este libro inspire a muchos niños a creer en sus sueños.

Anuousheh Ansari como Capitán Anousheh. Reconocida empresaria y filántropa, la señora Ansari visitó la Estación Espacial Internacional en 2006, siendo la primera astronauta de ascendencia iranesa y la primera mujer exploradora del espacio apoyada por fondos privados.

En memoria de
Joan Marsh (1937–2017)
Joan Marsh jugó un papel importantísimo en Big Kid Science. Fue la editora de todos nuestros libros y nos otorgó su invaluable consejo en todas las etapas de escritura y publicación. También tuvo un gran impacto en muchas otras personas, tanto en su carrera profesional como en su extenso trabajo voluntario. Sus amigos la llamábamos "Joan la alegre" y a todos nosotros nos hará mucha falta.

Ésta es la historia de cómo el perro Max ayudó a la humanidad a dar un salto más allá del sistema solar interno. Se trata de un viaje de exploración al planeta gigante Júpiter y a sus maravillosas lunas.

Los modelos de la Tierra y Júpiter se muestran a escala correcta.

3

Júpiter en el cielo nocturno

¿Has visto a Júpiter en el cielo nocturno? Probablemente sí, porque Júpiter es el objeto celeste más brillante, a excepción de la Luna y Venus.

Por supuesto que no siempre vemos a Júpiter, así como no siempre vemos a la Luna o a Venus. En ocasiones, Júpiter está en la misma dirección como el Sol y entonces está sobre el horizonte a luz de día, así que no podemos verlo. En otras ocasiones, sólo lo podemos ver durante parte de la noche.

Para ver a Júpiter desde la Tierra durante toda la noche, tiene que estar en dirección opuesta al Sol. El diagrama a continuación muestra cómo sucede esto cuando la Tierra y Júpiter están alineados en sus órbitas con respecto al Sol. Esto ocurre cada 13 meses aproximadamente. Nota que durante esta época Júpiter también está lo más cercano a la Tierra y por lo tanto aparece más brillante en nuestro cielo nocturno.

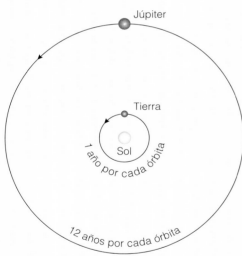

En las noches cuando Júpiter es visible, vas a notar que se mueve en el cielo junto con las estrellas del este hacia el oeste. Este movimiento se produce porque la Tierra rota de oeste a este. Para averiguar si puedes ver a Júpiter esta noche, visita www.BigKidScience.com/Jupiter.

Max estaba listo. Había completado su entrenamiento y su traje espacial le quedaba a la perfección. En unos días más estaría viajando en dirección a Júpiter. Tori era ya una adulta y sería la científica a cargo de la misión.

Los amigos más jóvenes de Max se quedarían en la Tierra, pero podrían ver hacia dónde iría. Con frecuencia, Júpiter, rey de los planetas, es el objeto más brillante en el cielo nocturno. Tori les enseñó a los niños a usar sus binoculares para que pudiesen encontrar las lunas de Júpiter.

Júpiter año tras año

Durante la noche, Júpiter parece estar inmóvil con respecto a las estrellas. Pero si lo observas durante varias noches, verás que Júpiter, como todos los planetas, se mueve lentamente entre las estrellas que forman las 12 constelaciones del *zodiaco*: Piscis, Aries, Tauro, Géminis, Cáncer, Leo, Virgo, Libra, Escorpión, Sagitario, Capricornio y Acuario. Este movimiento es fácil de entender: Mientras Júpiter gira en órbita alrededor del Sol, lo vemos en lugares distintos a tiempos diferentes con respecto al fondo de las estrellas lejanas.

A Júpiter le lleva aproximadamente 12 años girar alrededor del Sol, lo cual quiere decir que tarda como 12 años moverse a través de todas las constelaciones del zodiaco. Avanza aproximadamente una constelación por año. Por ejemplo, si vemos hoy a Júpiter en Capricornio, el año que viene lo veremos en Acuario y en Piscis al año siguiente.

Para averiguar en dónde está Júpiter entre las constelaciones del zodiaco en este año, visita el sitio www.BigKidScience.com/Jupiter en el Internet. ¿Qué crees que estarás haciendo cuando Júpiter regrese a la constelación en donde está ahora?

El rey de los planetas

El planeta Júpiter lleva el nombre del mitológico rey de los dioses llamado Zeus en la Grecia antigua y Júpiter en la antigua Roma. El día "jueves" lleva el nombre de Júpiter de la palabra *Jovis* en latín. De la misma manera, en la mitología del norte de Europa, el rey de los dioses se llamaba Thor, y de ahí proviene *Thursday* en inglés.

Hoy, llamamos a Júpiter "el rey de los planetas" porque su masa es mayor a la masa de *todos* los demás planetas combinados. Las fotos de abajo comparan el tamaño de Júpiter con el de la Tierra. Nota que la Tierra podría caber fácilmente dentro de la Gran Mancha Roja de Júpiter, que en realidad, es una tormenta gigante con vientos como los de un huracán.

Gran Mancha Roja

Así como muchos planetas giran alrededor del Sol, hay muchas lunas que giran alrededor de Júpiter. (En 2017 se estimaron 69 lunas de Júpiter). Júpiter también tiene unos anillos muy delgados formados de muchísimas piedras pequeñas y polvo. Los anillos de Júpiter no son como los espectaculares anillos de Saturno, pero son muy delgados, obscuros y muy difícil de ver. (Por esto no los mostramos en este libro.)

Era natural que Max fuese seleccionado como acompañante durante el primer viaje de humanos a Júpiter. Después de todo, su abuelo—que también se había llamado Max—había sido el primer perro que visitó la Luna y Marte. Desde que era un cachorro, a Max le encantaba echarse en el regazo de alguno de sus amigos humanos para escuchar las aventuras de su abuelo en el espacio.

Ahora, Max escuchaba con atención a su amigo Nathan que estaba explicando la importancia de Júpiter en la historia de la humanidad.

—Júpiter siempre ha sido importante en los mitos —dijo— pero hace como 400 años ayudó a cambiar el curso de la historia de la humanidad. Sé que ahora suena absurdo, pero en esa época casi todos creían que la Tierra era el centro del universo.

El universo "geocéntrico"

Nathan tiene razón: hasta hace como 400 años, la mayoría de las personas suponían que el Sol, los planetas y las estrellas giraban alrededor de la Tierra. Esta vieja idea, que la Tierra es el centro del universo, se conoce como el universo "geocéntrico" ya que geo significa Tierra en griego.

La idea de un universo geocéntrico nos puede parecer absurda hoy en día, pero parecía tener sentido en aquel entonces. La salida y puesta diaria del Sol, la Luna, las estrellas y los planetas, hacen que estos astros aparenten girar alrededor de nosotros cada día. Además, nosotros no sentimos cómo gira nuestro planeta alrededor de su eje y alrededor del Sol.

Entonces, ¿cómo supimos que la Tierra es un planeta que gira alrededor del Sol? Obtuvimos la respuesta usando los métodos de la ciencia. La ciencia es la forma de observar cuidadosamente el mundo y de usar estas observaciones para entender cómo funcionan las cosas. Hace como 400 años, se desarrollaron nuevas tecnologías para poder medir las observaciones astronómicas con más precisión, comparadas con las de la antigüedad. Los científicos se dieron cuenta que no podían explicar estas nuevas observaciones con el modelo geocéntrico del universo, pero que sí tendrían sentido si la Tierra fuese un planeta que gira alrededor del Sol. Como veremos en la próxima página, las observaciones del planeta Júpiter jugaron un papel importante para entender esto.

Ganymede

Bueno —continuó Nathan— en 1609 un hombre llamado Galileo construyó un telescopio. Cuando lo usó para estudiar el espacio, descubrió muchas cosas maravillosas, pero creo que una de las más importantes fue cuando encontró cuatro lunas que estaban en órbita alrededor de Júpiter. Saben lo que esto significó, ¿verdad?

Max, entretenido con un hueso, parecía no entender de lo que estaban hablando.

Galileo

Galileo Galilei, conocido casi siempre por su primer nombre, vivió de 1564 a 1642. Realizó tantos descubrimientos que se le considera uno de los científicos más importantes de todos los tiempos. Fue el primer científico en usar el telescopio para observar el cielo, y sus observaciones ayudaron a probar que la Tierra gira alrededor del Sol, en vez de ser el centro del universo.

Las observaciones de Júpiter que hizo Galileo fueron particularmente importantes. A través de su telescopio, vio cuatro puntos de luz próximos a Júpiter. Observándolos noche tras noche, pronto se dio cuenta de que estos puntos de luz eran lunas que giraban alrededor de Júpiter—y no alrededor de la Tierra. Ésta fue la primera demostración absoluta de que la Tierra *no* era el centro de todo el universo. Hoy en día, puedes repetir este famoso descubrimiento usando únicamente un par de binoculares. La actividad en la página 30 describe cómo hacerlo.

—Fue una demostración de que no todo en el universo gira alrededor de la Tierra. Esto ayudó a convencer a las personas de que la Tierra es tan sólo otro planeta más que está en órbita alrededor de una estrella y que *no es* el centro del universo—.

Max, que era un poco travieso (a pesar de que su abuelo no lo fue) saltó de repente y casi derribó a Nathan.

Callisto

NO somos el centro del universo

En los últimos 400 años no sólo hemos aprendido que la Tierra es un planeta que gira alrededor del Sol, sino también que nuestro Sistema Solar es tan solo uno de los miles de millones de sistemas solares en la Vía Láctea y que nuestra galaxia es sólo una entre miles de millones de galaxias en el universo. Esto representa un cambio dramático en nuestro entendimiento de cuál es nuestro lugar en el universo. Pero, ¿acaso esto debería cambiar la forma en que nos comportamos?

La gente tiene diversas respuestas a esta pregunta, pero quizás ayudaría a pensar en tu propia vida. Cuando eras muy pequeño probablemente pensaste que todo el universo debería de girar alrededor *tuyo*. Pero una vez que te diste cuenta que las otras personas tienen pensamientos y sentimientos similares, aprendiste a tratar a las otras personas con más amabilidad y respeto.

Los autores de este libro creen que las guerras, los crímenes, el odio y otras cosas malas, frecuentemente son causadas por personas que actúan como si todo el universo girase alrededor de ellas. Quizá, algún día, aprenderemos a aceptar la idea de que *no* somos el centro del universo y que, como resultado, vamos a poder crear un mundo mejor para todos nosotros—un mundo como el que imaginamos en este libro, en el que personas de todas las naciones puedan trabajar en armonía en un maravilloso viaje al planeta Júpiter.

Las formas de las lunas

¿Te has preguntado por qué la Tierra es redonda? Las lunas de Júpiter nos ofrecen algunas pistas.

La mayoría de las lunas de Júpiter miden tan solo unos cuantos kilómetros de un extremo al otro. Estas pequeñas lunas parecen más bien patatas gigantes con una gran variedad de formas. Las únicas lunas redondas de Júpiter son las cuatro lunas descubiertas por Galileo, conocidas como "los satélites o las lunas galileanas". Estas cuatro lunas son mucho más grandes que las otras (y es por esto, que Galileo las pudo ver con su pequeño telescopio). De hecho, son tan grandes que probablemente las llamaríamos planetas si éstas giraran alrededor del Sol. Sin embargo, cualquier cuerpo que gira alrededor de un planeta lo llamamos "luna".

Quizá ya hayas descubierto la pista más importante: los cuerpos celestes grandes son redondos, es decir, esféricos, mientras que los pequeños no lo son. Puedes entender la causa si piensas en la fuerza de la gravedad, que es lo que mantiene unido a un cuerpo celeste. Los cuerpos celestes pequeños, tales como las lunas más pequeñas de Júpiter y la mayoría de los asteroides, tienen apenas la suficiente gravedad para que no se desmoronen. Cuerpos más grandes, como las lunas galileanas, tienen una gravedad mucho más fuerte. Debido a que la gravedad siempre atrae al material de estos cuerpos hacia su propio centro, hace que su forma sea redonda, como una esfera. Ésta es la razón por la que no solamente las lunas galileanas son redondas sino que también la Tierra y los otros planetas sean redondos.

Io   Europa   Ganimedes   Calisto

Max no había terminado, pero tampoco había terminado Nathan. —Hoy sabemos —concluyó— que de hecho Júpiter tiene docenas de lunas. Pero las cuatro lunas que Galileo descubrió, llamadas Io, Europa, Ganimedes y Calisto son, por mucho, las más grandes de todas ellas.

La clase aplaudió, justo cuando Max chocó nuevamente con Nathan y los dos cayeron al suelo.

Esperando que este fuese el último choque, Max y sus amigos viajaron a una isla artificial al este del Océano Pacífico. Ahí abordaron el Elevador Espacial que los transportaría verticalmente durante casi tres días hasta llegar a 100,000 kilómetros (60,000 millas) sobre la superficie de la Tierra.

El elevador ascendió más rápido que un avión, pero ellos casi no sintieron su movimiento. Solamente vieron cómo la Tierra se quedaba atrás mientras ascendían y también notaron cómo su propio peso se reducía mientras disminuía la fuerza de la gravedad.

¿Un elevador espacial?

—Un momento —quizá estés pensando— ¿pueden los autores de este libro realmente estar hablando en serio de un elevador que se levante 100,000 kilómetros hacia el espacio?

La respuesta es sí, y es fácil de entender por qué: Hoy en día es muy caro mandar cualquier cosa al espacio. Un cohete debe viajar suficientemente rápido para poder escapar la fuerza de gravedad de la Tierra y esto necesita mucho combustible. Pero el combustible en sí pesa mucho, lo que significa que se necesita aún más combustible para lanzar el cohete. Esto obliga a usar un gran cohete para mandar al espacio inclusive una nave espacial pequeña. Con un elevador, no necesitaríamos usar un cohete. Usaríamos electricidad para mover el elevador y podríamos generar la electricidad con paneles solares en el espacio.

Funcionaría así: Resulta que los satélites artificiales a una altura de cómo 36,000 kilómetros (22,000 millas) sobre el ecuador de la Tierra giran en una órbita a una velocidad precisamente igual a la que rota la Tierra, lo que significa que siempre están en un punto estacionario sobre la Tierra. Con cables suficientemente fuertes, podríamos construir un elevador desde el ecuador a esta órbita "geosíncrona". Extendiendo el elevador aún más, como en este cuento, podríamos "lanzar" una nave espacial desde el extremo de este elevador hacia un planeta distante.

Muchos científicos e ingenieros creen que pronto tendremos la tecnología para construir un elevador espacial, y algunos creen que costaría menos que el presupuesto anual de la NASA. Esperemos que tengan razón y que pronto tengamos viajes en elevador hacia el espacio.

El viaje en el elevador

¿Cómo sería viajar en un elevador hacia el espacio?

Al principio sería como ir en un elevador ordinario, excepto que, como estaría a la intemperie, se sentirían los fuertes vientos. Ascendiendo a la velocidad de un auto veloz, llevaría más de una hora para llegar más allá de la atmósfera terrestre. En ese punto, estarías en el espacio, donde ya no habría viento y podrías ver a las estrellas en plena luz del día.

El elevador podría viajar ahora mucho más rápido ya que no habría resistencia del aire. En los tres días del viaje en este cuento, el elevador viaja a una velocidad de 1,300 kilómetros por hora (800 millas por hora), que es más rápido de lo que viaja un avión jet. El elevador tendría que tener suficiente espacio para dar cabida a cuartos para dormir y comer.

Al ir subiendo, sentirías tu peso disminuir al punto en que ya no pesarías nada al alcanzar la altura llamada geosíncrona (que es de 36,000 kilómetros). Ahí, la velocidad del elevador (que sigue la rotación de la Tierra) sería igual a la velocidad de un satélite artificial o una nave espacial que esté en órbita alrededor de la Tierra, así que flotarías libremente dentro de la cabina del elevador. Más allá de ese punto, una fuerza llamada "fuerza centrífuga" te haría sentir algo de peso nuevamente, pero "el arriba" y "el abajo" estarían intercambiados: El techo sería ahora el suelo y el suelo sería el techo.

Durante todo el viaje verías a la Tierra alejarse y verse cada vez más pequeña. Para cuando llegaras al final del viaje, la Tierra se vería como aparece en el dibujo de esta página. Sería una vista maravillosa.

La nave que los iba llevar a Júpiter estaba anclada en el extremo del elevador. El comandante Grant y el resto de la tripulación ya estaba abordo completando los últimos preparativos. Estaban ya listos para partir cuando llegaron Max y Tori. En ese momento los niños tenían que despedirse y descender en el elevador de regreso a la Tierra. Algún día será posible que también los niños viajen a Júpiter, pero durante este primer viaje sólo irían astronautas adultos—y un perro.

Tori estaba encargada de las transmisiones diarias a la Tierra que describían el viaje a los niños. —Júpiter —explicó— está realmente muy lejos. Está a más de cinco veces la distancia de la Tierra al Sol, lo cual quiere decir que nuestro viaje a Júpiter es casi *dos mil veces* más largo que el viaje de la Tierra a la Luna. Por esto, nos llevará meses llegar a Júpiter, aún cuando nuestra nave tiene los motores más potentes que se hayan construido hasta la fecha.

—Nuestra nave produce gravedad artificial al rotar, pero no se siente igual a la gravedad de la Tierra. El comandante Grant dice que lo hace sentir como un hámster en una rueda. Pero ustedes pueden ver cómo esto no le molesta a Max en absoluto.

Una expedición a Júpiter

Tori tiene razón acerca de la gran distancia de Júpiter, la cual la podemos visualizar con un modelo a escala del sistema solar. El modelo *Voyage* en Washington, DC (www.voyagesolarsystem.org) muestra nuestro sistema solar *10,000 millones* de veces más pequeño que su tamaño real. En este modelo, el Sol es del tamaño de una toronja y la Tierra, del tamaño de la punta de un alfiler, está en órbita a una distancia aproximada de 15 metros (16.5 yardas). Nuestra Luna (aún más pequeña que la Tierra) está a tan sólo 4 centímetros (1.5 pulgadas) de la Tierra. Esto quiere decir que la Tierra y la órbita de la Luna cabrían en la palma de tu mano. Para llegar desde el Sol a Júpiter, que es del tamaño de una canica, tendrías que caminar 75 metros (80 yardas).

De hecho, Júpiter está tan lejos que tendremos que desarrollar cohetes con nuevas tecnologías para lograr hacer el viaje de ida y vuelta en un tiempo razonable. Los dibujos en este libro muestran un cohete con motor de energía nuclear.

La cabina principal de la nave tiene la forma de una rosca para que pueda rotar y así producir una gravedad artificial. No es realmente una fuerza de gravedad, pero se siente de manera similar. Puedes entender esta idea al imaginarte fuertemente agarrando a un carrusel: al girar rápido, sientes como si te jalaran hacia fuera y así el exterior se siente como la dirección de "abajo". La nave tiene que rotar únicamente una o dos veces por minuto para causar este efecto, y por esto Max y los astronautas sienten al moverse el exterior de la nave como si fuese "hacia abajo" y hacia su centro como si fuese "hacia arriba".

Cuando la nave se acercó a Júpiter, la tripulación encendió sus motores para reducir la velocidad hasta el punto en que la gravedad de Júpiter los pudiera mantener en órbita. Estaban asombrados de ver, a través de las ventanas, cómo giraban alrededor de Júpiter por primera vez.

El panorama desde Júpiter

El dibujo de esta página muestra la vista que se tendría desde la nave espacial al entrar en órbita alrededor de Júpiter. El planeta se vería como en ocasiones vemos a la Luna creciente. Como el capitán Anousheh señala, podemos ver a la Tierra brillando débilmente en la distancia; es el pequeño punto azul debajo de Júpiter en la página de la derecha.

En el cuento, ella dice que aparece como "un grano de arena", que es una cita del famoso astrónomo Carl Sagan. A sugerencia del Dr. Sagan, la NASA usó la nave *Voyager 1* para tomar una foto de la Tierra desde los confines del sistema solar (ver abajo). La Tierra es el pequeño punto y el halo de luz que parece un rayo de sol fue causado por la disipación de la luz en la cámara del *Voyager*. Acerca de este punto en la foto, el Dr. Sagan escribió: "Ese punto es aquí. Es nuestro hogar. Somos nosotros. En ese lugar, todas las personas de las que has oído hablar, cada ser humano que ha existido, vivió su vida . . . en un grano de arena, suspendido en un rayo de sol." (Puedes leer la cita completa en www.BigKidScience.com/Jupiter.)

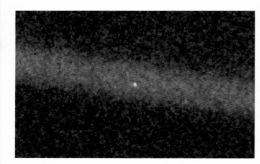

14

Anousheh, capitán de la nave, fue la primera en distinguir a la Tierra, ahora tan distante.

No podía dejar de admirar la escena, especialmente cuando pensaba en las diferentes nacionalidades a bordo de su nave. —Te hace reflexionar —dijo— que todos venimos de países que solían pelear entre sí. Pero ahora, aquí, todos estamos cooperando en esta pequeña nave desde la cual nuestro planeta Tierra se ve tan pequeño como un grano de arena.

Sin superficie sólida

¿Sabes por qué la portada de este libro muestra a Max en una de las lunas de Júpiter (Europa) en vez de mostrarlo en Júpiter mismo? Como Tori explica, se debe a que Max no podría aterrizar en Júpiter, aun cuando quisiera, porque la superficie de Júpiter no es sólida.

La Tierra tiene una superficie sólida porque está compuesta sobre todo de metal y rocas. Lo mismo sucede con la Luna y los planetas Mercurio, Venus y Marte. Júpiter es muy diferente: Principalmente está hecho de hidrógeno y helio, junto con algunas otras sustancias que le dan a sus nubes sus bellos colores. Si descendieras en la atmósfera de Júpiter continuarías descendiendo más y más sin encontrar una superficie sólida. Además, no podrías sobrevivir mucho tiempo, porque la presión y el calor aumentarían rápidamente. Después de descender por debajo de las nubes, la gran presión te aplastaría.

En principio, una nave espacial podría usar un globo para flotar en la atmósfera de Júpiter, así como lo hace el módulo espacial en este cuento. Pero aún cuando un vuelo de globo en Júpiter podría funcionar para un módulo robótico, no sería posible para personas o perros: Sus vientos son tan fuertes que, comparado a ellos, un huracán acá en la Tierra podría compararse con una brisa ligera. Además, como no tiene una superficie sólida, no habría esperanza de encontrar refugio alguno.

La primera misión científica fue enviar una sonda espacial a la atmósfera de Júpiter. Tori explicó las metas de la misión.

—No podemos aterrizar en Júpiter porque el planeta no tiene una superficie sólida y porque los vientos son tan fuertes que no permiten que una nave se mantenga en su atmósfera. Así que vamos a enviar una sonda robótica que nos va a mandar información acerca de las nubes, vientos y gases de Júpiter.

El resto de la tripulación preparó la sonda. Nadie notó que la pelota de Max se atoró en la compuerta de la nave justo antes de que cerraran la puerta.

La tripulación observó con entusiasmo el descenso de la sonda hacia Júpiter. Ésta estaba equipada con un globo que la haría flotar en la atmósfera de Júpiter por muchos meses.

Max, que observaba desde otra ventana cómo se alejaba su pelota, tenía otras preocupaciones. (Afortunadamente, Tori había traído consigo varias pelotas para que Max jugara con ellas).

Misiones a Júpiter

Al igual que los otros planetas, Júpiter aún no ha sido visitado por humanos ni por animales. Sin embargo, varias naves robóticas han visitado Júpiter y han usado ondas de radio para enviar fotografías y otros datos a los científicos de la Tierra.

La primera nave espacial que tomó de cerca fotos de Júpiter fue *Pioneer 10*, que llegó a Júpiter en 1973. Un año más tarde llegó *Pioneer 11* y dos naves más—*Voyager 1* y *Voyager 2*— que pasaron cerca de Júpiter en 1979. Estas cuatro naves continuaron su recorrido hacia el exterior del sistema solar.

Otras tres naves espaciales han pasado cerca de Júpiter y han utilizado su fuerte gravedad para ayudarse, como si fuera una honda o resortera, en su trayectoria principal: *Ulysses* (en su trayectoria para sobrepasar los polos del Sol), *Cassini* (en su trayectoria hacia Saturno) y *New Horizons* (en su trayectoria hacia Plutón y más allá).

Los estudios más detallados de Júpiter han sido logrados por dos misiones orbitando a Júpiter. La nave *Galileo* giró alrededor de Júpiter de 1995 a 2003, tomando miles de fotografías de Júpiter y sus lunas y enviando un pequeño módulo hacia la atmósfera de Júpiter. Más recientemente, la nave espacial *Juno* ha estado estudiando a Júpiter en una órbita polar desde 2016. Ahora (en el 2018) otras misiones están en varias etapas de preparación, incluyendo *La exploradora de las lunas heladas de Júpiter* de la Agencia Espacial Europea y la *Europa Clipper* de la NASA. Mantente a la expectativa de las noticias de estas emocionantes misiones.

El mundo de los volcanes

Io, la luna más cercana a Júpiter de las cuatro lunas que descubrió Galileo, se conoce también como "el mundo de los volcanes" porque tiene más volcanes activos que cualquier planeta o luna en el sistema solar. Así mismo, Io tiene varios volcanes en erupción simultáneamente y por esto Max se pudo acercar a un río de lava sin darse cuenta.

Aunque la lava está al rojo vivo, el resto de la superficie de Io es bastante fría, ya que Júpiter y sus lunas están muy lejos del Sol. Así que, aunque los volcanes emiten muchísimo gas, la mayor parte del gas se enfría rápidamente y se condensa, y cae a la superficie de Io en forma de polvo o "nieve" congelada. El polvo está compuesto principalmente de azufre, lo que le da a lo su color anaranjado y rojizo y la nieve de dióxido de sulfuro cubre la superficie con un hielo color blanco.

Como se muestra en la parte superior a la izquierda del dibujo, Júpiter domina el cielo de Io. Aunque lo está aproximadamente a la misma distancia de Júpiter, como nuestra Luna está de la Tierra, el gran tamaño de Júpiter hace que desde lo, Júpiter se vea 40 veces más grande de cómo la Luna llena se ve desde la Tierra. En otras palabras, se ve como si tomaras un enorme plato manteniendo tu brazo extendido.

A excepción por la vista de Júpiter, el cielo de Io se ve negro aún durante el día ya que lo tiene tan poca atmósfera que no puede dispersar la luz del Sol. Recuerda también que, ya que Júpiter e Io están como a cinco veces más distantes del Sol como la Tierra, la luz del día no es muy brillante. Por esto Max lleva una linterna eléctrica en la parte delantera de su traje espacial.

Si bien a Max y a la tripulación les sería imposible aterrizar en Júpiter, sí podrían visitar sus lunas. La primera estación sería la luna Io. Dejaron a la nave principal en órbita mientras descendieron a la superficie de Io en un pequeño módulo espacial.

Al ir caminando en la extraña superficie, Tori envió un mensaje a los niños de la Tierra: —Cuando digo "luna", seguramente piensan en un mundo desolado y con cráteres como nuestra Luna. Pero Io no es así. Como pueden ver, Io tiene volcanes por todas partes y su superficie está cubierta con un polvo pegajoso. Constantemente debo limpiar el visor de mi casco para poder ver.

Incapaz de limpiar por sí mismo el polvo de su casco, Max no podía ver por dónde pisaba. Escuchó la voz de Tori en el radio de su casco, pero no sabía desde dónde lo estaba llamando. Estaba perdido y se acercaba peligrosamente a un río de lava caliente.

¿Por qué tiene Io tantos volcanes?

Aunque no lo creas, puedes entender por qué Io tiene tantos volcanes si tomas en cuenta lo siguiente: ¿Has notado que una patata caliente tarda más en enfriarse que un frijol caliente? Esto mismo sucede con los planetas y las lunas. Por esto, nuestra Tierra, que es relativamente grande, todavía está suficientemente caliente en su interior como para producir volcanes activos, mientras que nuestra Luna, que es mucho más pequeña, no ha tenido actividad volcánica por más de tres mil millones de años. Pero Io no es mucho más grande que nuestra Luna. Entonces, ¿cómo puede estar Io suficientemente caliente en su interior para estar cubierta de volcanes activos?

La causa de que esto suceda está relacionada con el mismo fenómeno que causa las mareas en la Tierra. Nuestras mareas se deben a la gravedad de la Luna que tira y empuja tanto a las aguas de los océanos como también al interior de la Tierra.

Io también tiene mareas que tiran y empujan a su interior, excepto que estas mareas son mucho mayores debido a la gran fuerza de gravedad de Júpiter. La fuerza de estas mareas va cambiando al girar Io a lo largo de su órbita elíptica (de forma de óvalo) alrededor de Júpiter y este tirar y jalar del interior se repite como cuatro veces cada semana. Esta presión y tensión del interior genera tanta fricción y calor que el interior de Io se ha mantenido muy caliente por miles de millones de años—lo suficientemente caliente como para derretir la roca del interior, causando así las erupciones que producen los numerosos volcanes de Io.

Las lunas danzantes

Probablemente sabes que la gravedad es lo que mantiene a los planetas y a las lunas en sus órbitas y en la página anterior hablamos de cómo la gravedad causa las mareas. De hecho, la gravedad puede tener muchos otros efectos diversos.

Por ejemplo, la gravedad explica por qué nuestra Luna nos muestra siempre la misma cara. Hace mucho tiempo, la Luna giraba más rápidamente alrededor de su eje, pero la gravedad de la Tierra, y por lo tanto el efecto de las mareas, causó deformaciones en la Luna. Estas deformaciones generaron fricción que retardó la rotación de la Luna hasta que su rotación se alineó con la Tierra. Este alineamiento es lo que hace que ahora veamos siempre la misma cara de la Luna. La gravedad de Júpiter ha afectado a sus lunas de una manera similar, así que Io, Europa, Ganimedes y Calisto siempre mantienen la misma cara hacia Júpiter.

Aún más sorprendente es cómo la atracción gravitacional entre estas lunas ha afectado a sus propias órbitas de tal forma que ahora las tres lunas interiores participan en una "danza" común: Io completa exactamente cuatro órbitas en el tiempo que a Europa le lleva completar dos y a Ganimedes a completar una sola órbita. De hecho, esta danza hace que las órbitas sean elípticas, y por lo tanto, es la causa de las mareas. Su constante tirar y jalar es lo que calienta el interior de estas lunas.

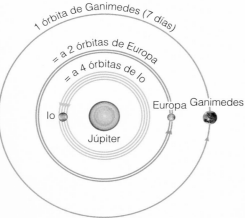

1 órbita de Ganimedes (7 días)
= a 2 órbitas de Europa
= a 4 órbitas de Io

Io   Júpiter   Europa   Ganimedes

Por suerte, el comandante Grant alcanzó a rescatar a Max justo a tiempo. Todos estuvieron contentos de estar de regreso en el módulo. Tori regañó a Max mientras el módulo subía desde Io a la nave principal. Esperaba que Max se comportara mejor durante la próxima exploración que sería el momento científico más importante de la misión.

Al aproximarse a Europa, Tori envió un comunicado a la Tierra. —¡Increíble! —dijo— Como seguramente pueden ver en las fotografías, Europa no es una luna ordinaria. En su exterior, Europa está hecha principalmente de hielo, es decir, agua congelada.

—Pero esto es sólo el principio de la maravilla —continuó— Aún cuando no podamos verlo, creemos que hay un océano gigante de agua líquida debajo de todo ese hielo. De hecho, creemos que hay ¡más agua en el océano de Europa que en toda la Tierra!

—Estoy impaciente por bajar a la superficie —dijo Tori— Vamos a tratar de encontrar un punto donde el hielo esté más delgado para poder enviar a nuestro submarino robótico desde ahí.

El mundo de agua

Como explica Tori, los científicos creen que Europa debe tener un profundo océano de agua líquida bajo su superficie helada. Pero si no podemos ver a través del hielo, ¿cómo podemos creer que haya un océano?

Sabemos que la superficie de Europa está hecha principalmente de agua (H_2O) congelada. Sabemos también que Europa experimenta el mismo tipo de calentamiento interior debido a las mareas que vimos en Io. Este calentamiento es menos extremo en Europa, debido a que está más lejos de Júpiter, pero debe ser lo suficiente para mantener agua derretida bajo una "corteza" exterior de hielo.

Hay fotografías detalladas de la superficie de Europa que justifican esta idea porque muestran regiones donde la corteza congelada se ha partido y se ha vuelto a congelar (ver la foto de abajo). En otros lugares, parece que el agua del océano se ha filtrado a través de fisuras en la corteza y se ha vuelto a congelar.

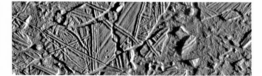

Otras evidencias provienen de estudios detallados de los campos magnéticos alrededor de Europa que nos muestran que Europa contiene líquido debajo de su helada corteza.

Siguiendo todas estas pistas, los científicos han concluido que Europa probablemente tiene un océano de más de 50 kilómetros (30 millas) de profundidad, escondido bajo una superficie de como 25 kilómetros (15 millas) de hielo sólido. Si es así, ¡Europa puede contener de dos a tres veces la cantidad de agua que hay en la Tierra!

¿Cómo podemos saber *con certeza* si existe tal océano? Tendremos la prueba únicamente si mandamos más naves espaciales para investigar a Europa de manera más detallada.

Lunas de hielo

Quizá te sorprenda que Europa tenga tanto hielo y agua, pero H_2O es abundante en el sistema solar. La razón es simple.

Los científicos saben de qué elementos están hechos los objetos distantes a través de estudios detallados de su luz (usando una técnica llamada *espectroscopia*). De esta manera, los científicos han aprendido que los elementos químicos hidrógeno y helio son, por mucho, los ingredientes más comunes de las estrellas y de sus sistemas planetarios. Por esto, el Sol y los grandes planetas como Júpiter están hechos principalmente de hidrógeno y helio. (Objetos menores, como la Tierra, no tienen fuerza de gravedad suficiente como para conservar a los gases ligeros de hidrógeno y helio).

Los siguientes tres elementos más comunes son carbono, nitrógeno y oxígeno. Estos tres se pueden combinar con hidrógeno para formar moléculas que, por lo tanto, también son abundantes en los sistemas planetarios: El hidrógeno se combina con el carbono para formar metano (CH_4), con el nitrógeno para formar amoniaco (NH_3) y con el oxígeno para formar agua (H_2O).

Cuando se estaba formando nuestro sistema solar, hace como 4,500 millones de años, las temperaturas alrededor de Júpiter eran lo suficientemente bajas para que el agua se congelara formando hielo sólido. Por esto, Europa y la mayor parte de las otras lunas de Júpiter (a excepción de Io) contienen mucho agua congelada. A distancias mayores, donde hacía aún más frío, las lunas de Saturno, Urano y Neptuno contienen también otros tipos de hielo.

El módulo bajó a Max y a la tripulación a la superficie sólida y helada de Europa. Ahí no había polvo, pero sí muchos precipicios y grietas peligrosas. Sin embargo, Tori pensó que Max podría ver perfectamente bien, así que le trajo una pelota para que jugara en la débil gravedad de Europa.

La tripulación estaba usando sensores para medir el grosor del hielo en varios lugares. Pasaron varios minutos hasta que se dieron cuenta que Max no estaba con ellos. —¿Otra vez? —dijo Tori— ¡No, por favor, no!

Lo encontraron a más de un kilómetro de distancia, hasta donde había perseguido su pelota que había rodado cuesta abajo. Tori comenzó a regañarlo: —Max, ¿vamos a tener que dejarte en la nave?

Pero el comandante Grant la interrumpió. —No lo regañes —dijo. Estaba parado en el lugar donde la pelota de Max se había detenido. —Mi sensor indica que éste es el punto donde el hielo está más delgado en toda esta área. Max, creo que ¡has encontrado el lugar para sumergir nuestro submarino!

Trajeron el submarino y encendieron su calentador. Observaron cómo empezaba a derretir el hielo para poder descender hacia el océano.

Explorando el océano de Europa

¿Te has preguntado por qué le lleva tanto tiempo al submarino derretir el hielo hasta llegar al océano? Recuerda que, si realmente existe este océano en Europa, está cubierto por 25 kilómetros de hielo sólido. Al usar un calentador a bordo, le llevaría al submarino robótico muchísimo tiempo el derretir tanto hielo. Es más, mientras el submarino va bajando, el hielo se volvería a congelar, lo que hace muy difícil que un ser humano o un animal pudieran estar a bordo. No sería nada divertido estar atascado dentro de tanto hielo durante varias semanas.

Una vez que el submarino llegase al océano, viajaría de manera similar a la que viaja un submarino en los océanos de la Tierra. Pero todo estaría oscuro porque la luz del Sol no puede penetrar tanto hielo. Por esto, este dibujo muestra únicamente las luces que lleva el submarino.

A menos que haya algo de vida, no habría mucho que ver en las aguas profundas del océano. Sin embargo, el fondo del océano podría ser muy interesante. Ahí, el mismo calor causado por las mareas que evita que las aguas del océano se congelen, podría proveer la energía necesaria para que volcanes subacuáticos hicieran erupción, de manera similar a las chimeneas volcánicas, llamadas "chimeneas negras" o "bocas eruptivas", que existen en el fondo de nuestro océano. En este dibujo, hemos imaginado que estos volcanes subacuáticas existen realmente en Europa y vemos a uno de ellos en erupción.

De regreso en la nave, Tori les explicó a los niños de la Tierra lo que iba a hacer el submarino. —Van a pasar varias semanas hasta que el submarino derrita el hielo para llegar al océano —dijo. —Después comenzará a tomar fotos y obtendrá información adicional para enviarla de regreso a la Tierra. Nosotros podemos controlar adónde va y lo vamos a mandar a grandes profundidades en busca de volcanes submarinos. Por supuesto que estaremos atentos a cualquier señal de vida. ¿Creen ustedes que encontraremos vida?

Ya que la tripulación había completado la tarea más importante, decidieron regresar a casa. Pasaron cerca de Ganimedes para poder observar esta luna, la más grande del sistema solar, pero decidieron no aterrizar en ella. Tanto Ganimedes y Calisto como las lunas menores de Júpiter tendrían que esperar las primeras pisadas de otros exploradores en el futuro.

No había mucho que ver a través de las ventanillas durante su largo camino de regreso, así que frecuentemente veían las imágenes de video que recibían del submarino. Por lo general eran bastante aburridas, hasta que un día . . .

Calisto y Ganimedes

En este cuento, Max y la tripulación no visitan ni a Ganimedes ni a Calisto, pero sin embargo los científicos están muy interesados en estas lunas.

Ganimedes es la más grande de las cuatro lunas que descubrió Galileo. De hecho, es la luna más grande en nuestro sistema solar, más grande que el planeta Mercurio. Al igual que Europa, la superficie de Ganimedes consiste principalmente de agua congelada. También es posible que Ganimedes tenga un océano bajo una gruesa corteza de hielo.

Calisto es un poco más pequeña que Ganimedes (pero más grande que Io y Europa) y también tiene una superficie de hielo. Similar a nuestra Luna, la superficie de Calisto está cubierta por cráteres, que son las cicatrices de impactos de asteroides o cometas. Debido a que estos impactos eran más comunes cuando nuestro sistema solar era joven, los muchos cráteres de Calisto dan información a los científicos sobre su superficie que debe verse muy similar a cómo era hace 4 mil millones de años. Por esta razón, parece improbable que agua líquida de su interior escape alguna vez a la superficie de Calisto. Sin embargo, todavía es posible que exista en Calisto un océano profundo escondido bajo su superficie y los científicos esperan aprender más sobre esta posibilidad en misiones futuras a Júpiter.

¿Hay realmente vida en Europa?

En este cuento, el submarino transmite imágenes de seres vivos nadando en el océano profundo bajo la superficie de Europa. Pero, ¿realmente hay vida en Europa?

Nadie lo sabe, pero si el océano realmente existe, la posibilidad de vida es real, especialmente si el fondo del océano tiene chimeneas volcánicas como las que se muestran en la página 24. En la Tierra, estas profundas chimeneas volcánicas son sitios donde habitan comunidades increíbles de seres vivos y, por lo tanto, muchos biólogos sospechan que la vida en la Tierra se originó en chimeneas volcánicas parecidas a éstas. Si es así, quizá también en Europa se haya originado vida alrededor de las chimeneas volcánicas en su océano.

La mayoría de los científicos sospechan que, si realmente hay vida en Europa, tendría que ser microscópica o muy simple. Sin embargo, ya que no podemos ver a través del hielo, no podemos descartar por completo la posibilidad de encontrar allá seres más grandes y más complejos.

De hecho, uno de los autores de este libro solía decir que sabemos tan poco, que hasta podrían haber *ballenas* nadando en el océano de Europa. Ya no lo dice y ¿saben por qué? Porque un niño de 10 años le recordó que las ballenas necesitan aire para respirar y, por lo tanto, no podrían vivir en un océano que está totalmente cubierto por un gruesa capa de hielo. Así que, gracias al comentario de este niño, el autor ahora dice que podría haber *peces realmente enormes* nadando en el océano de Europa.

Por supuesto, la mejor manera de averiguar si existen peces o cualquier otro tipo de vida en el océano de Europa es visitarlo y quizá mandar un submarino que pueda penetrar el hielo, así como lo hacen Max y la tripulación en este cuento.

Todos estaban dormidos cuando Max comenzó a ladrar. Corrió a lamer la cara de Tori hasta despertarla. Después fue a despertar al comandante Grant y al resto de la tripulación. Mucho tiempo después, la gente aún discutía si fue coincidencia o si realmente Max prestó atención a la imagen de video. Si fue coincidencia o no, no había duda de lo que la tripulación vio en la pantalla: seres vivos nadando en el océano de Europa.

Max fue un héroe, al igual que lo había sido su abuelo. Lo mejor fue que la labor no había terminado porque los exploradores robóticos siguieron mandando imágenes e información de Júpiter. Llegaron tantos datos para ser analizados que los niños alrededor del mundo ya estaban haciendo sus propios descubrimientos—y soñando con sus propios viajes a nuevos mundos.

Datos del espacio para la educación

El dibujo en esta página muestra a niños en un pueblo rural usando computadoras para analizar datos reales sobre Júpiter. Pero ¿es esto realmente posible?

¡La respuesta es *sí*! Hoy en día, cualquier persona con una conexión de Internet tiene acceso a casi todos los datos que las misiones espaciales han coleccionado. Con un poco de búsqueda en la red del Internet, puedes encontrar todas las imágenes del Telescopio Espacial Hubble, todos los datos de la misión *Galileo* a Júpiter y muchísimo más. Puedes explorar estos datos por ti mismo y quizá logres hacer un nuevo descubrimiento.

Mucha gente ya está haciendo un esfuerzo para extender este tipo de educación por todo el mundo. Por ejemplo, el proyecto llamado "un laptop por niño" eventualmente permitirá el acceso a laptops a todos los niños incluso en los países más pobres.

Así que, si a veces te entristecen los muchos problemas que enfrentamos en este mundo, tales como las guerras, el odio, la pobreza o el calentamiento global, trata, en cambio, de enfocarte en las grandes posibilidades que nos esperan si podemos trabajar juntos para resolver estos problemas. Quizá en poco tiempo, los niños de todo el mundo podrán trabajar juntos y aprender cosas del universo para que cuando sean mayores puedan emprender viajes increíbles a lugares como Júpiter y más allá.

¿Y Max? Él estaba feliz de estar de regreso en casa. Fueron sus amigos los que entendieron bien el significado de todo esto: podría haber vida en otros mundos, pero en ningún otro mundo conocido existe la abundante variedad de vida que prospera por todos los rincones de nuestro planeta.

Gracias a Max, ellos entendieron, mejor que nadie, que la Tierra es un planeta vivo y que nuestras vidas dependen del buen cuidado que todos debemos tener por nuestro maravilloso mundo.

29

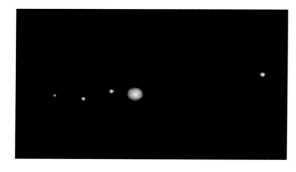

Figura 1: Vista de Júpiter y de las lunas galileanas a través de un telescopio pequeño

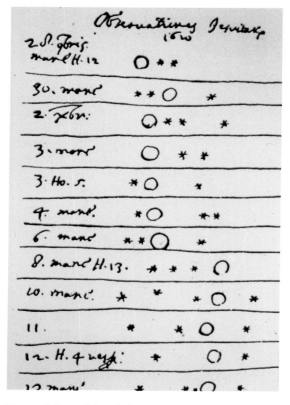

Figura 2: Una página de los cuadernos de Galileo escrito en 1610. Sus bosquejos muestran cuatro "estrellas" cerca de Júpiter (el círculo) pero en distintas posiciones a tiempos diferentes (algunas veces están ocultas). Galileo pronto se dio cuenta que las "estrellas" estaban en órbita alrededor de Júpiter.

Observando las lunas de Júpiter por ti mismo

¿Quisieras ver tú mismo lo que Galileo vio a través de su telescopio? Todo lo que necesitas es un par de buenos binoculares (o un telescopio) y una forma de mantenerlos estables. (El uso de un trípode puede ayudarte mucho, así como apoyándote en algún objeto también puede servirte).

Al escoger binoculares, tu elección depende de dos números que los describe, por ejemplo "7 x 35" o "10 x 50". El primer número es la amplificación: por ejemplo "7 x" quiere decir que los objetos se verán 7 veces más grandes a través de los binoculares de cómo se ven a simple vista. El segundo número es el diámetro de cada lente en milímetros. Un lente más grande deja pasar más luz, así que unos binoculares "7 x 50" hacen que las lunas de Júpiter se puedan ver más fácilmente que usando binoculares "7 x 35", aunque ambos tienen la misma amplificación.

Antes de empezar, visita la página www.BigKidScience.com/Jupiter para asegurarte que Júpiter está visible. Si la hora es adecuada y el cielo está sin nubes, saca tus binoculares (o tu telescopio) y apúntalos hacia Júpiter. Seguramente te va a ser posible ver entre dos hasta cuatro de las lunas de Galileo que se verán similares a como se muestra en la Figura 1, aunque podrían estar en cualquier posición de sus órbitas.

El secreto para repetir los descubrimientos de Galileo es observar a Júpiter a través de tus binoculares durante varias noches seguidas. Cada noche, haz un pequeño bosquejo que muestre a Júpiter y la posición de sus lunas. La figura 2 muestra los bosquejos de Galileo mismo. Si comparas tus propios bosquejos durante varias noches, podrás confirmar que estas lunas realmente están girando alrededor de Júpiter. Así habrás encontrado tu propia demostración que la Tierra *no* es el centro del universo.

Aprende más acerca de Júpiter

Puedes aprender mucho más acerca de Júpiter y sus lunas si usas el
Internet. Asegúrate de ver las imágenes de Júpiter que se han tomado
durante las diversas misiones espaciales que lo han visitado. Como
ejemplo de lo que puedes encontrar, la imagen de abajo muestra
cómo se veía Júpiter desde la nave *Cassini*. Nota las espectaculares
formas y los colores de sus nubes, así como la Gran Mancha Roja
cerca de la parte inferior a la derecha. El punto negro es la sombra de
Europa sobre la superficie de Júpiter.

Una nota a los padres y maestros

Aun cuando esperamos que todo en *Max viaja a Júpiter* esté claro, pensamos que sería útil compartir un poco de nuestra motivación al escribir este libro y de nuestro deseo de cómo debe utilizarse.

Como todos los libros de Big Kid Science, *Max viaja a Júpiter* está diseñado para incorporar lo que llamamos los tres pilares de un aprendizaje exitoso: *educación*, *perspectiva* e *inspiración*.

- El pilar de la **educación** es el contenido específico que queremos que aprendan los alumnos. Por ejemplo, en este libro, el pilar de la educación contiene tanto la ciencia de Júpiter (y sus lunas) así como el contexto histórico de su papel en el desarrollo de la demostración que la Tierra *no* es el centro del universo.
- El pilar de la **perspectiva** hace la conexión entre el contenido educativo con la forma en que los lectores piensan acerca de su propia vida y su lugar en el universo.
- El pilar de la **inspiración** utiliza el contenido educacional y la perspectiva para ayudar a los alumnos a imaginar las cosas maravillosas que van a poder hacer o presenciar en el futuro.

Hemos intentado incluir estos tres pilares en cada una de las páginas del libro, aun cuando algunas páginas enfatizan un aspecto más que otro. Por ejemplo, en las páginas 14 y 15 se ha enfatizado la perspectiva que se puede tener cuando se piensa en nuestro propio planeta visto desde la órbita de Júpiter, mientras que el elevador espacial es una idea que debería inspirar a los alumnos a pensar en grandes posibilidades para el futuro. Al leer este libro a niños, en especial en un salón de clase, les recomendamos fomentar discusiones y actividades que les ayuden a pensar en ideas que incluyan estos tres pilares mientras avanzan en el cuento. Los textos en los Big Kid Boxes en los bordes de cada página y las actividades en las páginas 30 y 31 son particularmente útiles.

En lo que respecta a nuestras propias motivaciones al escribir este libro, podemos decir simplemente que queremos que los niños entiendan por qué la ciencia es importante para todos y queremos motivarlos a trabajar para que puedan realizar sus propios sueños. Usted tendrá que juzgar por sí mismo si hemos logrado estas metas, pero nos sentimos honrados que nuestro libro fuera seleccionado para el programa de lectura *La hora del cuento desde el espacio,* en el que los astronautas leen en voz alta libros desde la Estación Espacial Internacional. Pueden ver el video de la lectura de este libro (en inglés) por el astronauta Mike Hopkins en la biblioteca de videos en el sitio de StoryTimeFromSpace.com

Finalmente, queremos mencionar que, al paso del tiempo, esperamos agregar más información y más actividades al sitio de este libro: www.bigkidscience.com/jupiter. Favor de visitarlo y de compartirlo con otras personas.

Esperamos que hayan disfrutado del libro y que sigan la exploración del espacio, trabajando juntos para ¡alcanzar a las estrellas!

—Jeffrey Bennett, Nick Schneider y Erica Ellingson

Astronauta de la NASA, Mike Hopkins, lee *Max Goes to Jupiter* en la cúpula de la Estación Espacial Internacional. Ve el video de la lectura en www.storytimefromspace.com